序 言

由[白[大自然的无私奉献,人类才得以生存]这个色彩绚丽的世界之中。从每年的春夏秋冬到每天的朝霞余晖,人们饱览和感受了各种不同的色彩变化。我们认识这个世界的美丽也是从色彩开始的,色彩不仅象征着自然的迹象,同时也象征着生命的活力,没有色彩的世界是不可想像的。现代的艺术家们正是从色彩的世界中得到了足够的灵性而开始了他们富有特殊意义的艺术旅程。

现代设计的色彩研究正在随着设计理念的不断变化而快速发展,作为现代设计的重要组成部分,色彩在设计中的作用显而易见。当我们在为设计作品中色彩的精彩表现而陶醉时,也不得不为设计师的匠心独运而感叹。设计作品的色彩取向往往带有浓郁的时代背景,而时代的变迁又往往依赖于社会的政治、经济、文化、艺术等各方面的综合发展。在设计领域里,我们所说的各个设计专业的时代特征通常都可以从设计作品及生产的产品色彩中找到答案,如服装设计流行色彩的发布预示着着装风格及着装文化的改变与流行;环境艺术设计中也同样有着流行色与装修风格的主流走向;工业产品设计的色彩变化同样强调时代的鲜明性。如果我们能够多加留意和观察设计作品的色彩变化,就会发现许多有趣的现象:人们在不断变化自己的服装色彩,今年爱穿红色和黑色,明年爱穿白色和棕色;家居的色彩也是一年一个样;装修的色彩风格时而华丽,时而典雅,多少体现了人们对时代的进步与变化的积极反应以及对美好生活的强烈追求。在家电产品中,过去所提到的黑色家电指的是电视机,白色家电指的是冰箱、空调和洗衣机,但在今天的产品设计中,为了更好地迎合人们不同的欣赏习惯及审美需求,家电的色彩设计已经变得非常的丰富和多样化,除了黑色和白色,我们还会看到灰色、蓝色、绿色和紫色等多种色彩的家电产品,极大地丰富了人们的生活。没有设计的中国已成历史,没有色彩的中国也已过去。现代设计在中国虽然年轻,但充满活力;设计色彩的研究和教育虽然起步较晚,但却前程似锦。我们在国内外众多设计师及专家的色彩运用和研究成果的基础上,作了更进一步的拓展与探索,从不同角度和视角分析了设计色彩的相关特征和风格,使色彩研究更加全面和具有较强的艺术性和学术性。

《现代设计色彩教材丛书》在各位同仁的大力支持下,即将与广大的读者见面,我们颇感欣慰与遗憾,欣慰的是本套丛书在经历两年的艰苦耕耘下终于告一段落,完稿成书。遗憾的是本书的编写仍然有许多不足和欠缺,还希望各位读者给予批评和指教。

本书录用的图稿既有教学中学生的作品,也有国内外设计师的优秀作品,风格极为多样化,具有着很高的学习及鉴赏价值。

停笔之前,再次感谢为此书的编写给予过帮助的老师、同学及各位朋友。

编者写于广西艺术学院设计学院

2004 年 12 月 6 日

04   01 源于自然的原本色彩

16   02 色彩概念

18   03 色彩心理

26   04 城市色彩规划

30   05 建筑色彩设计

42   06 室内色彩设计

80   07 景观色彩设计

目 录

红色

大自然中，色彩千变万化，丰富多彩，各种各样的色彩均通过视觉反映到人的头脑中，产生种种色感。自古以来，人们就在日常生活中使用着颜色，并享受着色彩变化带来的欢乐。从原始社会起，人类就懂得用色彩来表达某种象征性的意义。在今天的世界里，不同的民族，都拥有自己象征性的色彩语言。象征性的色彩是各民族在不同历史、不同地理以及不同文化背景下的产物，既有共同性又有个性，并构成了人类文明的一部分。

人们在自己的生活环境中也多用色彩来表达自己对美的感受。美是人们日常生活中不可缺少的一部分，色彩美始终左右着人们的情绪，使人产生审美愉悦。对于人类来说，自然的原生色总是易于接受的，是最美好的事物。

红色

红色（荷兰郁金香花田）

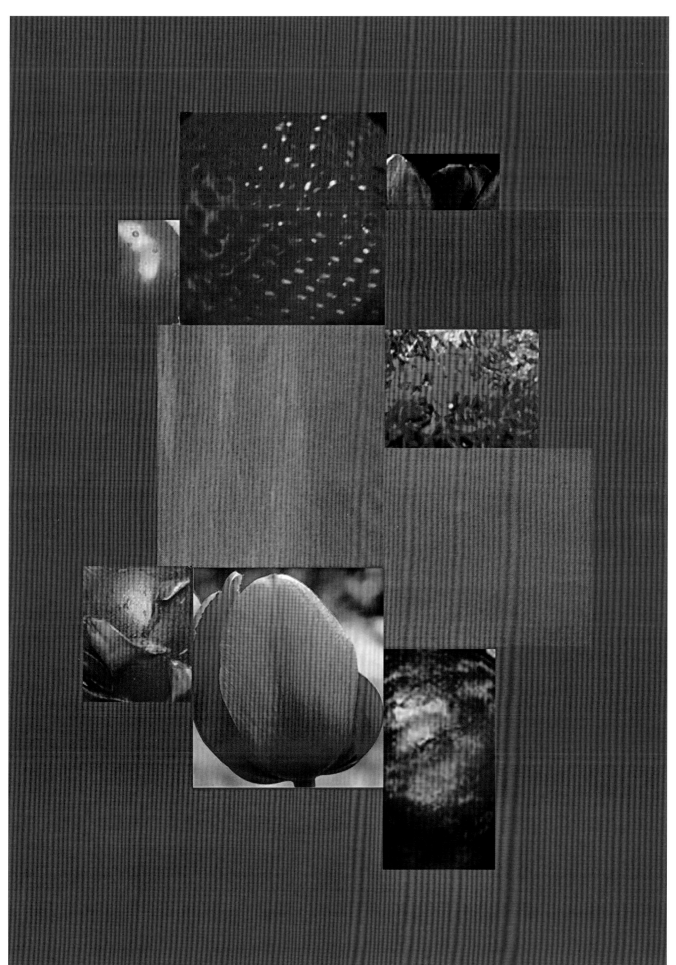

橙色

橙色

橙色（秋天的胡杨林）

现代设计色彩教材丛书·环境设计色彩

黄色

黄色

黄色（乡间的野花）

绿色

绿色（水生植物）

绿色（荷塘小景）

蓝色

蓝色

蓝色（天空、海洋、月光、宝石）

紫色

紫色（北极极光）

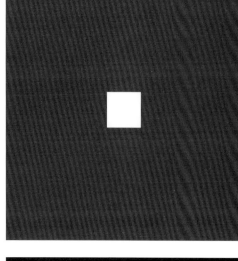

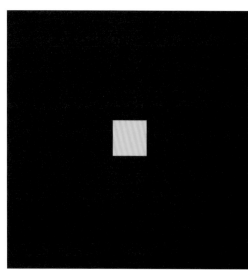

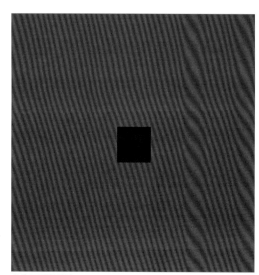

补色原理设计图

巧妙的色彩运用在环境艺术设计中会起到非常重要的作用,这就是为什么有些作品看上去元素很简单、材料也不复杂,却十分有品位、有格调,意味深长,令人赏心悦目。

1.色彩基本概念

自然界中的颜色可以分为无色系和有色系两大类。无色系指黑色、白色和各种深浅不一的灰色,而其他所有颜色均属于有色系。

有色系的色彩均具有三个属性:

(1)色相(Hue):

也叫色泽,是颜色的基本特征,反映颜色的基本面貌。

(2)饱和度(Saturation):

也叫纯度,指颜色的纯洁程度。

(3)明度(Brightness 或 Lightness 或 Luminousity):

也叫亮度,体现颜色的深浅。

无色系只有明度特征,没有色相和饱和度的区别。

2.色彩设计基本原理

色彩可以表达性格或心情,如忧郁用冷色,热情开心用暖色等。而如果要表达出我们所观察的色调,就要用夸张、提炼、强调、概括等方法。为了突出重点,加强对比,表达气氛,是有必要进行夸张和调整主色彩。

主色彩即色调,色调分为调和调与对比调,色调是指只用一种颜色,只在明度和纯度上作调整,间用中性色。这种方法,有一种强烈的个人倾向。如采用单色调,易形成一种风格。我们要注意的是中性色必须做到非常有层次,明度系数也要拉开,才可以达到我们想要的效果。

调和调:邻近色的配合。这种方法是采用标准色的队列中邻近的色彩作配合。但易单调,必须注意明度和纯度,而且要注意在画面的局部采用少量小块的对比色以达到协调的效果。

对比调:易造成不和谐。必须加中性色加以调和。

注意色块大小、位置,才能均衡我们的布局。注意:在调和色彩中要注意用中性色。必须明白的是:近的纯由远的灰衬托,明的纯由暗的灰衬托;主体的纯由宾体的灰衬托。

3.色彩的共生理论

"连续对比与同时对比说明了人类的眼睛只有在互补关系建立时,才会满足或处于平衡。""视觉残像的现象和同时性的效果,两者都表明了一个值得注意的生理上的事实,即视力需要有相应的补色来对任何特定的色彩进行平衡,如果这种补色没有出现,视力还会自动地产生这种补色。""互补色的规则是色彩和谐布局的基础,因为遵守这种规则便会在视觉中建立精确的平衡。"——伊顿的《色彩艺术》

伊顿提出的"补色平衡理论"揭示了一条色彩构成的基本规律,对色彩艺术实践具有十分重要的指导意义。如果色彩构成过分暧昧而缺少生气时,那么互补色的选择是十分有效的配色方法。无论是舞台环境色彩对人物的烘托和气氛的渲染,还是商品广告及陈列等等,巧妙地运用互补色构成,是提高艺术感染力的重要手段。艺术家与环境艺术设计师在这个方面进行了许多成功的作品尝试。

"补色平衡理论"在医疗实践中已被广泛采用。根据视觉色彩互补平衡的原理，医院手术室、手术台、外科医生护士的衣服一般都采用绿色，这不仅因为绿色是中性的温和之色，更重要的是绿色能减轻外科医生因手术中长时间受到鲜红血液的刺激引起的视觉疲劳，避免发生视觉残像而影响手术正常进行。

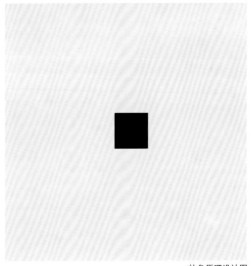

补色原理设计图

色彩与人的心理感受息息相关，如在西方葬礼上黑色代表着对死者的哀悼。而在中国，白色则把人们的哀伤投向虚幻的空灵来超度死者的亡灵。

康定斯基认为，每一种色彩都有自己恰当的表现价值，在不画出具体形象的情况下，可以创造出有意义的真实，这就是说色彩对人的视觉感观刺激会影响人的心理活动。包豪斯把色彩作为构成的三大部分之一，便是为了系统研究色彩对人的心理影响在艺术范畴上所起的作用。

一、颜色的表情

每一种色相，无论有彩色的色还是无彩色，都有自己的特定原本表情。颜色的表情会随着它的纯度和明度发生变化，或者颜色搭配关系变化时，颜色的原本表情也就随之变化了。

人们长期生活在一个色彩的世界中，积累着许多视觉经验，其实色彩只是一种物理现象，色彩本身是没有灵魂的，但人们却能感受到色彩的情感。这是因为，一旦知觉经验与外来色彩刺激发生一定的呼应时，就会在人的心理上引出某种情绪，产生共鸣。

红色

红色原本表情是太阳的色彩，是热烈、温暖的色彩。约翰·伊顿教授描绘了受不同色彩刺激的红色。他说：在深红的底子上，红色平静下来，热度在熄灭着；在蓝绿色底子上，红色就像炽烈燃烧的火焰。红色会随人文环境的变化而产生不同的表情与联想，如在中国，红色代表革命与鲜血。

橙色

橙色原本表情是太阳的色彩，是热情、冲动的色彩。橙色是十分活泼的光辉色彩，是暖色系中最活跃的色彩，它使我们随环境联想到金色的秋天，丰硕的果实，因此是一种富足、快乐而幸福的色彩。如在荷兰，橙色代表人们的激情。橙色军团会给人留下深刻印象。

红色示例

橙色示例

红色示例

橙色示例

黄色

　　黄色原本表情是土地的色彩，是朴实的色彩。同时黄色的灿烂、辉煌，有着太阳般的光辉，因此象征着照亮黑暗的智慧之光；黄色有着金色的光芒，因此又象征着财富和权利，它是骄傲的色彩。黄色会随人文环境的变化而产生不同的表情与联想，如在中国，黄色代表帝王与高贵。

绿色

　　绿色原本表情是生命的色彩，是健康平和的色彩。鲜艳的绿色非常美丽、优雅；绿色很宽容、大度，无论蓝色还是黄色的渗入，仍旧十分美丽。含灰的绿色，也是一种宁静、平和的色彩，就像暮色中的森林或晨雾中的田野那样。绿色会随人文环境的变化而产生不同的表情与联想，如在巴西，国旗上的绿色有代表辽阔亚马逊热带雨林的象征。

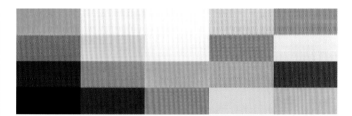

黄色示例

绿色示例

绿色示例

蓝色

蓝色原本表情是天空和大海的色彩，是宁静、寒冷的色彩。蓝色是博大的色彩，天空和大海那最辽阔的景色都呈蔚蓝色。无论深蓝色还是淡蓝色，都会使我们联想到无垠的宇宙或流动的大气，因此，蓝色也是永恒的象征。蓝色会随人文环境的变化而产生不同的表情与联想，如在法国，蓝色代表浪漫与贵族。

紫色

紫色原本表情是阳光与大气产生的色彩，是骚动、神秘的色彩。歌德说："这类色光投射到一幅景色上，就暗示着世界末日的恐怖。"

约翰·伊顿对紫色作过这样的描述：紫色是非知觉的色，神秘，给人印象深刻，有时给人以压迫感，并且因对比的不同，时而富有威胁性，时而又富有鼓舞性。紫色会随人文环境的变化而产生不同的表情与联想，如爱情、浪漫、高贵、典雅、神秘、恐怖等。

蓝色示例

紫色示例

绿色示例

紫色示例

黑、白、灰色

无彩色在心理上与有彩色具有同样的价值。太极图案就是用黑白两色的循环形式来表现宇宙永恒的运动。黑色与白色是对色彩的最后抽象，代表世界的阴极和阳极。黑白所具有的抽象表现力以及神秘感，似乎能超越任何色彩的深度。康定斯基认为，黑色意味着空无，像太阳的毁灭，像永恒的沉默，没有未来，失去希望。而白色的沉默不是死亡，而是有无尽的可能性。

色彩的原本表情是可以延伸的，在更多的情况下是通过对比与环境的烘托来表达的，有时色彩的对比五彩斑斓、耀眼夺目，显得华丽；有时对比在纯度上含蓄、明度上稳重，又显得朴实无华。这些完全依赖于自己的感觉、经验以及想像力，来创造所需要的情感氛围。

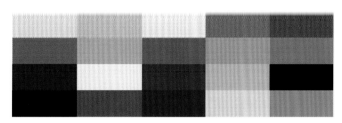

鲁迅上私塾时的三味书屋，显得朴实无华，具有浓郁的江南人文气息。

黑白灰示例

二、色彩心理知觉

人与自然环境是共生的,自然界所有的色彩都会对人产生影响,并引起有关学者的关注。自19世纪中叶以来,心理学家们通过实验所验证了色彩对心理的影响效果。不少色彩理论中都对此作过专门的介绍,这些经验向我们明确地肯定了色彩对人心理的影响。

他们发现,色彩的直接心理效应来自色彩的物理光刺激对人的生理所发生的直接影响。在红色环境中,人的脉搏会加快,血压有所升高,情绪兴奋冲动;而处在蓝色环境中,脉搏会减缓,情绪也较沉静。有的科学家发现,颜色能影响脑电波,脑电波对红色反应是警觉,对蓝色的反应是放松。

冷色与暖色是依据心理错觉对色彩的物理性分类,对于颜色的物质性印象,大致由冷暖两个色系产生。冷暖的感觉,并非来自物理上的真实温度,而是与我们的视觉与心理联想有关。总的来说,人们在日常生活中既需要暖色,又需要冷色,在色彩的表现上也是如此。

冷色与暖色除去给我们温度上的不同感觉以外,还会带来其他的一些感受,例如,重量感、湿度感等。比方说,暖色偏重,冷色偏轻;暖色有密度强的感觉,冷色有稀薄的感觉;两者相比较,冷色的透明感更强,暖色则透明感较弱;冷色显得湿润,暖色显得干燥;冷色有很远的感觉,暖色则有迫近感。一般说来,在狭窄的空间中,若想使环境显得宽敞,应该使用明亮的冷调。由于暖色有前进感,冷色有后退感,就可在细长的空间中的两壁涂以暖色,近处的两壁涂以冷色,空间就会从心理上感到更接近方形。

英国曾发生过一件有趣的事:有一座黑色的桥梁,每年都有一些人在那里自杀;后来把桥涂成天蓝色,自杀的人显著减少了;人们继而又把桥涂成粉红色,此后自杀的人就没有了。

暖色调示例

暖色调示例

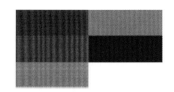

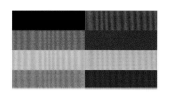

暖色调示例

暖色调示例

冷色调示例

冷色调示例

冷色调示例

冷色调示例

冷色调示例

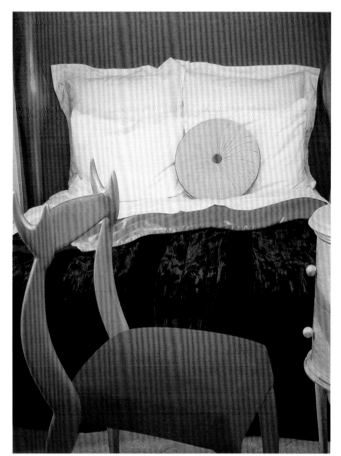

对比色调示例

对比色调示例

对比色调示例

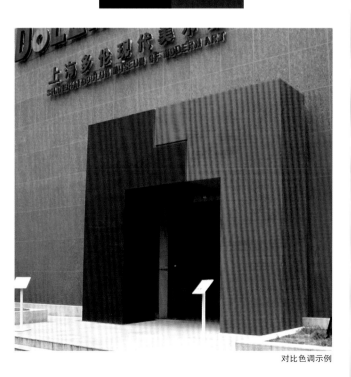

对比色调示例

中甸松赞林寺红与绿的对比常人看来似乎不能接受,但这代表的是藏族人的宗教观。我们进行考察时应多收集这样的资料。

一、城市色彩

城市是人类集中居住地。所谓城市色彩，是指城市公共空间中所有裸露物体外部被感知的色彩总和。城市色彩由自然原本色和人工色两部分构成。

原本色：城市中裸露的土地、山石、草坪、树木、河流、海滨以及天空等等。

人工色：城市中所有地上建筑物、硬化的广场路面、人文景观、街头设施、民族服饰及交通工具等等。

城市色彩是一种系统存在。完整的城市色彩规划设计，应对所有的城市色彩构成因素统一进行分析规划，确定主色系统或辅色系统。然后确定各种建筑物和其他物体的永久固有基准色，再确定包括城市广告和公交车辆等等流动色，包括街道点缀物及窗台摆设物等等的临时色。

城市色彩是城市人文环境的重要组成部分。

爱美之心人皆有之，色彩是最大众化的美感形式。在城市景观美学中色彩扮演着重要角色。

城市蕴涵的历史文化通常会反映在色彩上。

色彩本身便积淀着城市的人文历史，城市的发展渐渐形成其特有的色彩。色彩甚至能反映一个国家的政治体系和经济文化。中国封建社会皇权至上的思想，反应在皇城的金黄色体系上，其高贵张扬、至高无上的寓意与民居含蓄普通的灰褐色形成鲜明对比。如中国江南水乡的灰瓦白墙，德国城市的红瓦黄墙，便是其城市的传统色彩，是城市建筑材料自然选择的结果，符合美学规律的色彩搭配。无论白墙灰瓦还是黄墙红瓦，都是不同民族审美文化的结晶，因而产生了不同的色彩搭配形式。无论是佛罗伦萨或威尼斯，人们会很容易辨析出其整体色调上的区别，即便其外墙涂料是新的，但其色彩却是历史的。一座城市不能随意破坏传统色调，否则会面临其人文历史被割断的危险。

现代文明改变城市的原本色彩。

城市色彩设计规划是一个现代课题。传统城市是在文化封闭状态中、在生产力相对落后的情况下发展起来的。城市建筑色彩受当地建筑材料、工程技术的局限很大。没有现在的工程建造技术和丰富的材料色彩。因此，多数城市的色彩是由建材固有色及原本环境色体现出来的，是由廉价易得材料决定的，如当地的天然石材、木材、或红或黄或黑或白的涂料。生活于其中的人们不知道其他民族或地区的建筑会有另类颜色。由于新材料、新技术、新工艺的发明与普及，并有雄厚的经济实力做支撑，人类具备了进行现代城市色彩规划的条件，城市原本色彩不再是永恒不变，它可以进行适当的区域色彩规划设计，美化人居环境。

在这种背景下，如何控制城市色彩，成为了一个文明素养问题。"让我看看你的城市，我就能说出这个城市居民在文化上追求是什么。"一位国际著名建筑设计师如是说。一座城市的色彩时时刻刻反映着这座城市的人文精神及这座城市的现代文明水准。

佛罗伦萨大教堂

佛罗伦萨古广场

二、城市色彩规划设计的原则

色彩本身是没有美丑之分的，所谓色彩美，完全美在色彩与色彩、色彩与环境的搭配上。提及城市色彩，很多人会认为就是用各种"最美"的颜色装饰建筑、装扮城市。实际上，人们视觉认为最美的色彩，如果出现的地方不对，或搭配的比例不协调，便可能是最丑的色彩。"五色令人目盲"，色彩杂乱容易产生视觉污染，但如果色彩过于单调、呆板，同样会使人产生视觉疲劳。因此，正像绘画中，色彩运用没有一定之规一样，城市色彩运用也没有刻板章法。譬如绿色，作为植物生命的体现，它永远是城市中最美的色彩。无论建筑物色彩怎样混乱，只要被绿色植被遮掩，就会化丑为美。譬如南宁"绿城"的创建，"春城"昆明的建设。大红大绿是色彩运用的大忌，但"万绿丛中一点红"，却是美的不变法则。

威尼斯

色彩规划设计的几条基本原则：

1.尊重城市原本自然美原则

人类的色彩美感来自"自然向人生成"的历史进程中，来自大自然对人的陶冶。因此，城市的人工色彩永远不能与大自然争美，而要尽量保护、突出自然色，特别是对树木、草地、河流、大海，甚至岩石的自然色。

2.创造人工美原则

城市中所有地上建筑物、硬化的广场路面，人文景观、街头设施、交通工具等等，都属于人工美的范畴，富于创造性，体现现代工业文明，局部可进行夸张的色彩处理，形成城市景观亮点。

威尼斯

3.延续城市文脉原则

历史文化名城、古城，为了延续城市的文脉，城市应尽量保持其传统色调，以显示其历史文化的真实性。城市色彩是城市民族文化的载体，如果城市原有风貌已被破坏，则面临其人文历史被割断的危险。在历史建筑、文化古迹周边的建筑，其色调必须与古建筑色调相统一，突出主体。北京的快速发展，使故宫皇城面临被淹没在大量更加金碧辉煌的玻璃幕墙建筑群中的危机。对北京故宫一带的旧城保护，已开始意识到这一点，否则，北京的历史文脉、皇城景观色彩就将彻底被破坏了。

延续城市历史文脉原则（故宫）

延续城市历史文脉原则（故宫）

4.城市功能区域色彩划分原则

城市色彩也要服从城市的功能。一座商业城市与一座文化或旅游城市，其色彩自然应该有所区别；一座大城市与一座小城市，其色彩原则也应有区别。城市色彩服从于商业目的的典型案例——香港，人们喜欢的便是其火爆繁荣的商业色彩，但对于像巴黎、维也纳这样的历史文化名城，火爆繁荣的商业色彩如果不进行功能分区规划，便会对城市形象产生很大损害。米兰作为意大利最早的金融中心，其老城色调非常凝重，而威尼斯，作为旅游城市，其老城色彩则活泼得多，这两者城市色彩是不能置换的。一些旅游小城其城市色彩都比较艳丽，给游客留下鲜活印象；而欧洲的大城市，其整体色彩都比较淡雅统一，追求一种宁静的感觉。

市行政中心（或广场）的色彩，一般应统一一些；商业区的色彩，相对可以活跃一些；居住区的色彩，应素雅一些；旅游区的色彩，则要强调和谐悦目与环境相得益彰。大城市可进行色彩分区规划，小城市宜进行整体统一色彩设计，给人留下深刻印象。这些是城市色彩规划的通则。

5.城市色彩构成和谐原则

城市色彩的协调，是指人工创造色与自然环境色或与城市建筑景观色彩的协调。和谐是色彩运用的核心原则，也是城市色彩的核心原则。这里的和谐，是要求城市色彩在变化中、差异中实现相对统一或协调。

城市色彩首先要与自然环境色彩相协调。一座被绿色森林或蓝色海洋拥抱的城市的色彩设计，以不破坏其大环境色彩关系为前提，色彩运用即便大胆一点，也不至于破坏城市色彩的和谐。城市色彩既是城市环境的一部分，也是城市景观和城市形象的综合体现。

城市雕塑

俄罗斯莫斯科建筑

拉斯维加斯赌城

拉斯维加斯赌城

足球场

足球场

体育场巨大的区域，通常用色彩来划分。

威尼斯

威尼斯的环境和色彩充满浪漫的气息。

一、建筑色彩的地域性

1.中国皇家建筑色彩

　　建筑色彩在中国建筑文化中是一种象征"符号"。明清北京皇家建筑，其基本色调突出黄红两色，黄瓦红墙成为基本特征，而且黄瓦只有皇家建筑或帝王敕建的建筑才能使用。

　　按照阴阳五行学说，五行、五方、五色是相对应的，典型如社稷坛方台上铺的五色土。五色土象征疆域国土，中为黄色、东为青色、南为红色、西为白色、北为黑色，以五色象征五行与天下五方的传统文化观念，并与春夏秋冬四季相联系。即天下五方由五帝统治，黄帝居中，其色属黄，土神是其助手，雄视四方；东方太极，其色属青，故称青帝，由木神辅佐，以掌春时；南方炎帝，其色属红，由火神相助，以司夏天；西方少昊，其色属白，故称白帝，由金神相助，以管秋季；北方颛顼，其色属黑，故称黑帝，由水神相佐，以治冬日。古代都城的城郭四门，其建筑色彩的象征含义也是脱胎于五色、五行与五方的传统文化观念：东方青龙(青)、南方朱雀(红)、西方白虎(白)、北方玄武(黑)。

　　天坛祈年殿的色彩象征兼顾皇家建筑与祭祀的主旨，在明朝时三层檐由上至下分别覆盖蓝色、黄色和绿色琉璃瓦。而到了清朝祈年殿的三层檐统一为蓝色琉璃瓦，其建筑色彩的象征意义更加单一、明确。祈年的主旨在祈求农事丰年，以青绿(蓝)色来突出植物的生机勃发与天时的风调雨顺。祈年殿的西南方有一个斋宫，是皇帝祭天期间斋戒的住所，作为帝王寝宫，当以黄色琉璃瓦覆顶，但斋宫仍然铺蓝色琉璃瓦，意为帝王虽为人君，但作为"天子"，应表现出祭天的虔诚，因而在建筑色彩象征上也体现出了"奉天承运"的天命思想。

皇家建筑色彩(故宫)　九龙壁，九条龙用不同的彩色琉璃烧制，流光溢彩，体现了高超的技艺。

金属(白)
木属(青)
水属(黑)
火属(红)
土属(黄)

五行图

阴阳八卦图

东青龙(青)
南朱雀(红)
西白虎(白)
北玄武(黑)

五方图

皇家建筑色彩(故宫)

皇家建筑色彩(故宫) 藻井

体现一种壮丽无比、威严的皇权思想。

皇家建筑色彩(故宫) 斗拱与平棋

皇家建筑色彩（故宫）

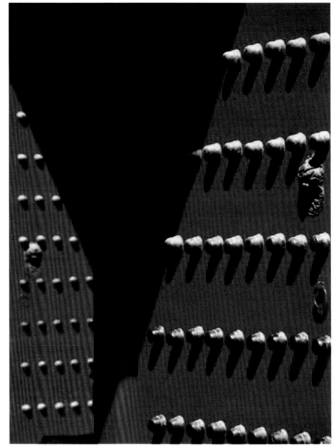

大门（故宫）

皇家建筑色彩（故宫）

皇家建筑色彩（故宫）

天坛祈年殿 蓝色屋顶象征与天相接，体现"奉天承运"的天命思想。

2. 宗教建筑色彩

宗教建筑色彩与皇家建筑色彩有很多相同之处,同样表现出地位的崇高和希望得到人们景仰的蕴意。宗教建筑中最为典型的色彩象征是白塔。比如见于各地的古塔, 如北京的北海白塔、妙应寺白塔以及大理的三塔等, 塔体洁白, 意示佛性洁净无瑕, 而且白莲也常作为佛性的象征。此外, 琉璃塔五色斑斓, 其象征意义与佛经记载的佛国五色宝珠暗合。

藏传佛教

泰国玉佛寺(小乘佛教)

藏传佛教

泰国玉佛寺

泰国玉佛寺

泰国玉佛寺 泰国玉佛寺繁美的色彩、精美的工艺令人叹为观止。

3.中国民居建筑色彩

纳西族民居，以灰白、青为主。　丽江

藏族民居，以暖色为主。　藏族

藏族

藏族

从窗户色彩上可以感受到藏族人对生活的态度。　藏族

民居室内色彩粗犷豪放，有浓郁的地方特色。　藏族

4.欧洲建筑色彩

莫斯科建筑色彩

莫斯科以其宏伟壮观、气势磅礴而享誉世界,除了拥有令人羡慕的自然景观,莫斯科的建筑景观也同样具有浓郁的地域特点,其城市建筑的色彩整体上显得典雅、庄重又不失富丽、娇媚,体现出莫斯科城市地理环境特性和浓厚的艺术氛围。

莫斯科市中心建筑色彩以暖色为主,最典型的是红场和克里姆林宫内的建筑,最常见的颜色有黄、绿、紫红,一般是某种暖色与白色搭配。红场上的瓦西里·柏拉仁内大教堂是莫斯科色彩最丰富的建筑,教堂主体用红色,整体看来如一簇跳跃的火焰,拱廊、窗部则用绿色覆盖,鲜明地衬托出建筑的层次,使教堂整体洋溢着温暖的基调。克里姆林宫内的建筑,大部分是黄色加绿顶的建筑,在克里姆林宫红墙的衬托下,显得华丽、明快。

冬季,建筑的暖色能为人们带来心理上的温暖。莫斯科的建筑色彩给人一种愉悦、舒服的视觉效果,使整个城市显得端庄、美丽。色彩是建筑的语言。在莫斯科,常常能看到自然景观和城市建筑的奇妙结合。色彩的丰富变化,正是由于人对城市色彩的控制和管理,其建筑色彩的完美运用体现了较高的品位和美学思想。说明了建筑色彩、环境与人三者之间协调发展的关系。

俄罗斯莫斯科

俄罗斯莫斯科 瓦西里·柏拉仁内大教堂。

意大利建筑色彩

意大利佛罗伦萨

意大利佛罗伦萨

意大利佛罗伦萨

意大利佛罗伦萨

现代设计色彩教材丛书·环境设计色彩

德国建筑色彩

德国海德堡

德国汉堡

二、现代商业建筑色彩

现代商业建筑色彩设计大多为了炫耀实力和体现商业味。上海外滩建筑凝重的铅灰色,浦东陆家嘴金融中心区的银灰色,则透示着国际金融资本的威严。随着经济的发展和人们生活品位的提高,房地产开发商现在都比较注意外立面色彩与建筑风格的搭配,用以扩大商机降低成本,有许多楼盘色彩的成功运用堪称典范。定位准确的色彩运用会对楼盘整体品位有很大的提升。

现代商业建筑色彩

现代商业建筑色彩

现代商业建筑色彩

现代商业建筑色彩

大量金属光洁的建筑材料最能反映工业文明的气息,冷峻、炫目、精密几乎成了现代高科技建筑的代名词。

三、创意建筑色彩

特色建筑(上海) 怀旧气息。

特色建筑(香港九龙) 形不如色。

特色建筑(北方威尼斯 比利时布鲁日城市广场)

特色建筑

特色建筑

特色建筑 金色在土红色墙面的衬托下非常耀眼。

现代设计色彩教材丛书 · 环境设计色彩

解构主义手法的表现，运用色块与肌理的对比产生雕塑效果，具有非常前卫的感觉。

简约主义手法的表现，红色运用得非常纯粹。

杭州南山路某酒吧

楼梯的色彩起到点睛的作用。

香港汇丰银行。其色彩运用有如它钢铁身躯般刚劲有力，节奏感、个性感很强，在繁华的街区依然很突出。

山中的度假别墅，色彩令人愉悦。

花卉色彩　繁花似锦，令人流连忘返。

花卉色彩　在室内营造室外的色彩效果。

一、室内色彩审美

1.一个设计作品的美是综合了形态、色彩和材质感的美而产生的。

首先诉诸于眼睛的是色彩的组合效果，也就是色彩美的问题。尽管用相同材料构成的室内，其形状相同，但由于色彩协调或配色的差异，就会形成温暖的、寒冷的、华丽的、朴实的、强烈的、柔软的、明亮的或阴暗的等环境气氛，表现出各种不同的感情效果。实际上色彩本身并无美丑之分，通过对比、衬托等手段对色彩进行调和，才能产生好的审美愉悦。一个独立的色，并没有美与不美的区别，通常，只有当两个以上的色进行不同的组合，作为配色才有美与不美、协调与不协调的感觉。如一块蓝色和一块黄色，就很难说出两者谁美，只有通过万绿丛中一点红的对比原则，才能呈现出色彩的魅力。"一点红"在"万绿"的衬托下显得珍贵动人，这说明了色彩只有通过对比、衬托等手段，才显示出它的审美倾向性。

2.任何一种颜色，只有符合人的心理、生理要求，它才能给人以美的享受。

人对色彩的喜好、偏向，不仅是习惯与爱好的问题，还涉及到个人文化修养与经历的问题,色彩美学也是科学和艺术结合的问题。

人们意识到自然界的原本色彩能够引起人们的联想，因而室内色彩能够影响人们的情绪。冰山、雪地的白色会使人感到冷；太阳、火的红、橙色使人感到温暖；海水的蓝色使人感到清爽；绿色的草原、色彩缤纷的花海会使人心旷神怡、心胸开阔等等，都是人们对自然色彩的一种心理反应。室内设计应重视色彩所引起的联想和产生的感情效果，以期在室内环境中得到合理运用，创造有吸引力的特色环境氛围，给人以美的享受。

花卉色彩

色彩与人类的关系十分密切。如绿色，能使人轻松、镇静，当看书疲倦时，眼睛看看绿色，疲劳感就会减轻；黄色或橙色具有刺激胃口、增强食欲的作用，且能给人以温暖、和谐的感受，故在一些餐厅中，墙面常选用黄色，配上黄色桌椅、白色台布，以及艳丽的插花，营造出美好的环境氛围使人食欲倍增。黄绿色会使人感到舒适，有助于安定神经。在卧室中选用蓝绿色调可形成安静的环境气氛，有助于安眠。互补色的两个色相协调搭配，给人们心理上以冷暖平衡感，能满足心理需要，产生快感，这就是调和美。

色彩是以本身的性质引起感情而感染人的，所以，色彩应符合人的心理、生理要求，才能给人以美的享受。人们在实践中还发现，颜色能够增加空间的美感。色彩所构织的环境气氛是很多样的。

3.室内色彩的意蕴美。

色彩设计，应考虑空间、环境、功能、采光等问题，并且还应符合人的年龄、性别、文化、传统等要求。

整体感是衡量室内环境设计艺术质量的基本出发点。人们对室内空间整体形象的感受，是来自各围护面所形成的空间体量和形象。室内空间的每一局部，不论是墙面、顶棚的处理，还是家具的款式、大小、形状、色彩等，都不能脱离它所处的实体空间环境而言其好坏。色彩在诸多的造型因素中，是一个能够相当强烈而迅速地诉诸感觉的因素，色彩和形体具有同样重要的视觉作用。专业上有"形不如色"之说，色彩比形体更容易引起人的注意。材料色彩正是最重要的整体气氛与格调的创造因素。

4.功能性空间的色彩。

室内空间环境使用功能不同，及使用者年龄、性别、文化、传统背景不同，决定了室内设计的形式与色彩。

不同阶层、不同年龄的人，有着不同的心理特征。设计色彩时，首先要了解各种不同类型人的不同要求。一般青年人多喜欢一些大胆的强烈色彩，且会受到时尚文化的影响。中年人，特别是乐观而富有进取心的中年人，一般喜欢创造宽敞明亮的视觉室内环境，因而，宜选用橙色和白色作为主色调。中年女性喜欢具有梦幻与联想的紫色调，尤其是具有图案的淡紫色更是倍受喜爱。老年人喜欢稳重沉着，宜用低中、低高度色系。儿童房可选用多彩色组合，可促进儿童智力的发展。女孩子一般喜欢粉红色或近于粉红色。对知识分子，多采用典雅大方的色调，如咖啡色与白色匹配，可形成朴实、大方、典雅的气氛。

熟悉室内各房间的功能作用，及使用者不同需求，才能准确地运用色彩来表现室内空间内容和形式，才能使室内空间具有整体性、统一性，传达出室内色彩设计的意蕴美。

经过抽象思维设计的彩色图案具有了意蕴之美。

海洋色彩意向在餐厅中的运用。

二、室内色彩设计的基本要求和方法

1.室内色彩的基本要求

在进行室内色彩设计时，应首先了解和色彩有密切联系的以下问题：

①空间的使用目的不同。如会议室、病房、起居室，在考虑色彩的定位、空间性质的体现、色调及气氛的形成各不相同。

②空间的大小、形态与色彩。不同大小、不同形态的空间可以通过色彩来进一步强调或削弱。空间的方位感也可利用色彩来进行调整。

③空间使用者的类型。男女老少，不同的人对色彩的要求有很大的区别，色彩应适合居住者的爱好。

④空间使用者的使用频率。长时间使用的房间的色彩对视觉的作用，应比短时间使用的房间的色彩对视觉的作用强得多。不同的活动与工作内容，要求不同的视线条件，才能提高效率，保证安全和达到舒适的目的。对长时间活动的空间，主要应考虑不产生视觉疲劳，如学习的教室与工业生产车间，色彩的运用也存在着差别。

⑤室内空间的环境因素。色彩和环境有密切联系，不同的环境，通过室外的自然景物也能反射到室内来，色彩应与周围环境取得协调。

在符合色彩功能要求的前提下，可以充分发挥色彩在室内设计中的作用。

展示空间色彩 用色彩增强氛围，统一多样的空间布局。

展示空间色彩 黄与黑的对比很能表达出力与美的诱惑。

色彩令空间产生戏剧化的效果。

展示空间色彩

展示空间色彩

展示空间色彩

展示空间色彩

香港环球金融中心商场的巨大琉璃彩带，成为空间中的视觉焦点，具有很强的功能性与艺术性。

中国红在花窗上的大胆运用。

鲜艳色彩在办公楼中的运用。

色彩通过光的折射产生了梦幻般的效果。

紫色光经过镜面不锈钢板的折射而产生无尽深远的感觉，手法很时尚。

香港九龙一影院门厅设计。大面积红色的运用具有很强的感观刺激，且便于更换。

蓝色光很适合电子商场氛围的塑造。

2. 室内色彩的设计

室内色彩三大部分：

①背景色：空间围合界面作为大面积的色彩，是对其他室内物件起衬托作用的背景色；

②主体色：在背景色的衬托下，以在室内占有统治地位的家具为主体色；

③点缀色：作为室内重点装饰和点缀的，面积小却非常突出的重点为点缀色，或称强调色。

主体色调是色彩设计首先应考虑的问题。不同色彩物体之间的相互关系也需分析，如沙发以墙面为背景，即沙发为主体色墙面为背景色，沙发上的靠垫又以沙发为背景色，靠垫即成为空间的点缀色。形成主体色调中多层次的背景关系，使空间富于美感。

在许多实际的工程设计中，如墙面、地面，也不一定只是一种色彩，可能会交叉使用多种色彩，主体色和背景色也会相互影响转化，但需经过严格的训练才能掌握。

工程色彩运用实例(本原吧) 黄色和紫色的点缀成为亮点。

工程色彩运用实例(本原吧) 绿色灯光是生命与活力的象征。

工程色彩运用实例(本原吧) 设计：陶雄军 天然材料的本质色彩表现。

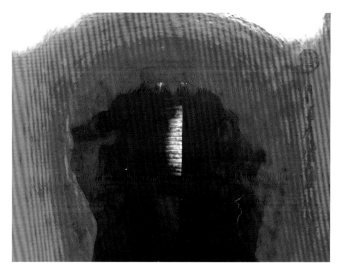

工程色彩运用实例（本原吧）

工程色彩运用实例（本原吧）

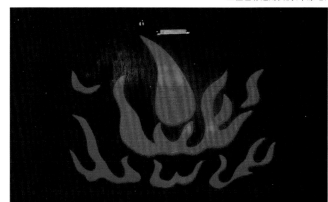

工程色彩运用实例（本原吧）

工程色彩运用实例（本原吧）

红与黑的对比。　工程色彩运用实例（本原吧）　设计：陶雄军

大量金色的运用
产生浮华的感觉。

大处表现气势 细节演绎精彩

设计师在娱乐城设计中追求环境光色交错的感觉，空间扑朔迷离的幻觉方面，一般都是不遗余力的，但能做到既大处表现气势，细节演绎精彩的案例却似乎难得了。殊不知"上帝就在细节当中"，只有在细节处理上下足功夫，空间才能表达出应有的深度，"于细微处见精神"。新近落成的南宁《快乐时空》娱乐城，在这一方面作了不同寻常的努力，为此也收到不同寻常的效果。

在灯光设置上，以图形为基本要素，面积达1600平米的娱乐城门面以巨大的太阳、月亮、星星图形，配以变幻多端的霓虹灯饰展现出强烈的动感的光色的诱惑力，娱乐城内部空间面积约4000多平米，共分为三层，亦以太阳、月亮、星星作为主题依次用红、黄、蓝三种光色加以表达，拉开距离以营造逐幻气氛。

在空间设计上，运用音乐的手法，以门厅为前奏，以走廊为过门，以表演吧为间歌，以层次不同，大小各异的六十余个包厢为和声，曲折变化中追寻节奏，讲究韵律，有时异迴，有时恣达，最后都集中在三层贯通高达十米的中央演艺厅，从而形成空间乐曲的高潮，带入人气势恢宏又酣畅淋漓的动感地带。

在细节装饰方面，自始至终把握界面与陈列的关系，通过特殊的图形墙面，特别的灯光安排，特色的布艺渲染，将空间表达的主题层层展开，步步深入，力求做到使娱乐者在这一环境中，从视觉感观，听觉刺激，到触觉体会都有所兴奋，享受娱乐城环境造就的快乐时光。

工程色彩运用实例   设计：黄文宪、陶雄军、徐荣、林燕、陈春妮、杨香花

灯泡的色彩变幻莫测、气势恢宏。

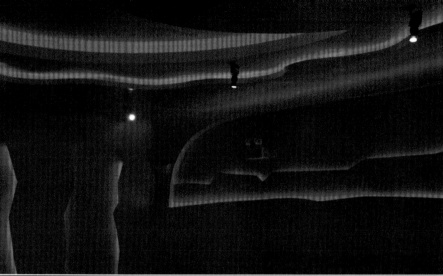

工程色彩运用实例　设计：黄文宪、陶雄军、徐荣、林燕、陈春妮、杨香花

涂料色彩与灯光色彩相得益彰。

大堂玻璃地台下的灯光组合变化，令人有失重飘浮的愉悦感。

包房色彩组合产生欢快的氛围。

粗犷的地毯色彩图案，令人兴奋。

色彩和图案体现英租界的味道。

红色的酒与黑白旧照片产生对比，马上产生了一种旧上海的味道，令人思绪万千。

设计：陶雄军

3.室内色彩的统一与变化

色调的统一与变化,是色彩构图的基本原则。

室内色彩应有主调(或基调),冷暖、性格、气氛都通过主调来体现。对于规模较大的建筑,主调更应贯穿整个建筑空间,在此基础上再考虑局部的、不同部位的适当变化。主调的选择是一个决定性的步骤,因此必须要求反映空间的主题,即希望通过色彩语言来表达怎样的感受,是典雅还是华丽,安静还是活跃,纯朴还是奢华,要做到这点是很不容易的,因此,要在许多色彩方案中,认真仔细地去鉴别和挑选。贝聿铭于20世纪70年代设计的北京香山饭店,为了体现江南民居的朴素、雅静的意境,并和优美的环境相协调,他在色彩上采用了江南水乡黑白灰色彩体系,不论墙面、顶棚、地面、家具、陈设,甚至赵无极创作的《香山印象》国画都贯彻了这个色彩主调,从而给人统一的、难忘的、有强烈感染力的印象。这要求设计者要有很高的艺术修养和生活体验,才能摆脱世俗的偏见和陈规,创造出这样的经典作品。

分类可以简化色彩关系,但不能代替色彩构思。上述室内色彩的三大部分的分类,在室内色彩设计时,决不能作为考虑色彩关系的唯一依据,因为,作为大面积的界面,在某种情况下,也可能作为室内色彩重点表现对象。例如,在室内家具较少时或周边布置家具的地面,常成为视觉的焦点,而应予以重点装饰。因此,可以根据设计构思,采取不同的色彩层次或缩小层次的变化,选择和确定图底关系,突出视觉中心。

由于室内各物件使用的材料不同,即使色彩一致,由于材料质地的区别还是显得十分丰富的,这也是室内色彩构图中难得具有的色彩丰富性和变化性的有利因素。在作空间色彩主调时,有时可以仅突出一两件陈设物的色彩。因此,无论色彩简化到何种程度也决不会单调。

室内色彩设计的根本问题是配色问题,这是室内色彩效果优劣的关键,孤立的颜色无所谓美或不美。就这个意义上说,任何颜色都没有高低贵贱之分,只有不恰当的配色,而没有不可用之颜色。色彩效果取决于不同颜色之间的相互关系,同一颜色在不同的背景条件下,其色彩效果可以迥然不同,这是色彩所特有的敏感性和依存性,因此如何处理好色彩之间的协调关系,就成为配色的关键问题。

加强色彩的魅力。背景色、主体色、强调色三者之间的色彩关系决不是孤立的、固定的,如果机械地理解和处理,必然千篇一律,变得单调。换句话,既要有明确的图底关系、层次关系和视觉中心,但又不刻板、僵化,这样才能达到丰富多彩。

①色彩的重复或呼应。即将同一色彩用到关键性的几个部位上去,就会使其成为控制整个室内的关键色。例如用相同色彩于家具、窗帘、地毯,使其他色彩居于次要的、不明显的地位。同时,也能使色彩之间相互联系,形成一个多样统一的整体。色彩上取得彼此呼应的关系,才能取得视觉上的联系和唤起视觉的运动。例如白色的墙面衬托出红色的沙发,而红色的沙发又衬托出白色的靠垫,这种在色彩上图底的互换性,既是简化色彩的手段,也是活跃图底色彩关系的一种方法。

愉悦的色彩对比设计

愉悦的色彩对比设计 多变的色彩符合儿童的心理。

愉悦的色彩对比设计

愉悦的色彩对比设计

②色彩的节奏与连续。色彩的有规律布置，容易引起视觉上的运动，或称色彩的韵律感。色彩韵律感可以通过有意识的设计而达到，当在一个空间、一组沙发、一块地毯、一个靠垫、一幅画或一簇花上都有相同的色块而取得联系，室内空间物与物之间的关系，就会像一个整体，显得更有内聚力，进而产生色彩韵律感。墙上的组画、椅子的坐垫、瓶中的花等等均可作为营造韵律感的元素。

愉悦的色彩对比设计

③色彩的强烈对比。色彩由于相互对比而得到加强。一经发现室内存在对比色，也就是其他色彩退居次要地位，视觉很快集中于对比色。通过对比，各自的色彩更加鲜明，从而加强了色彩的表现力。提到色彩对比，不要以为只有红与绿、黄与紫等色相上的对比，实际上采用明度的对比、彩度的对比、清色与浊色对比、彩色与非彩色对比，还比用色相对比多一些。或将哪些色彩再减弱一些，来获得色彩构图的最佳效果。不论采取何种加强色彩的力量和方法，其目的都是为了达到室内的统一和协调，而非加强色彩的孤立。

色彩构图的核心即解决色彩之间的美学关系。室内色彩可以统一划分成许多层次，色彩关系随着层次的增加而复杂，随着层次的减少而简化。背景色常作为大面积的色彩宜用灰调，重点色常作为小面积的色彩，在彩度、明度上比背景色要高。在色调统一的基础上可以采取加强色彩力量的办法，即用重复、韵律和对比来强调室内某一部分的色彩效果。室内的趣味中心或视觉焦点重点，同样可以通过色彩的对比等方法来加强它的效果。通过色彩的重复、呼应、联系，可以加强色彩的韵律感和丰富感，使室内色彩达到多样统一，统一中有变化、不单调、不杂乱，色彩之间有主有从有中心，形成一个完整和谐的整体。

色彩对比设计实例

色彩对比设计实例

美国国旗的蓝红两色在肯德基店面上的运用，使之具有了很强的美国文化识别性。

色彩对比设计实例

意大利人的热情与浪漫在必胜客上得到完美体现。

愉悦的色彩对比设计

红、黄、蓝三原色通过比例和形式的巧妙安排,产生非常醒目的效果。

愉悦的色彩对比设计

此色彩具有中国画大写意的韵味。

愉悦的色彩对比设计

愉悦的色彩对比设计

愉悦的色彩对比设计

大面积黄色与黑白条纹的视觉对比。

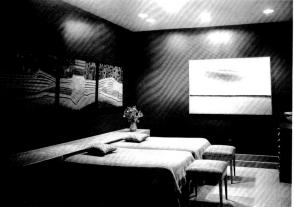

愉悦的色彩对比设计

红与金的组合产生华丽的感觉。

餐饮空间中的色调富于一种东方的神韵。

澳门葡京赌场入口的老虎口创意设计, 形象而夸张的色彩表现, 影响到每一个来此一搏者, 同时也体现了赌场张口纳财的一种迷信思想。

蓝色在空间中的反复使用，令空间具有很好的连续性，为获得大奖起到重要作用。

设计：毛军

蓝色在空间中的反复使用，令空间具有很好的连续性，为获得大奖起到重要作用。

现代设计色彩教材丛书·环境设计色彩

C座B2户型 建筑面积：72.95㎡
序号：11#

C座B2户型 建筑面积：72.95㎡
序号：11#

本案采用**45°**的空间切割形式，把空间利用极至，用绚丽的色彩表现生机勃勃的**青春**本色，简约的**几何**组合体现了新新人类以积极的姿态展现自**我**的风采。

作者：傅妍燕
导师：黄文宪 陶雄军

材料清单：

地面：马可波罗 羊脂玉 600×600
卫生间地面：马可波罗仿古砖 316×316
顶面：局部纸面石膏板吊顶
厨房：密度板喷漆

墙面：乳胶漆
卫生洁具：尚高

幾何生活

南宁金之岛户型设计大赛参赛作品。色彩令人耳目一新，印象深刻。

花炮奖品

民族服饰

现代抢花炮运动

部分材质

设计说明：

　　抢花炮"源于侗乡,是侗族的民间体育活动,具有鲜明的民族特色."花炮"分为头炮、二炮、三炮,把一个用红布包住的像杯口大的铁圈放在铁炮的顶端,点燃铁炮,"轰"的一声,将铁圈(花炮)冲上高空,抢花炮者全神贯注它的落下,迅速抢夺.首先抢得"花炮"者,还得想方设法躲避,免得再被别人夺去,别人也千方百计想从持炮者手中夺走,因此形成十分激烈而热闹的竞争场面,被外国人喻为"东方橄榄球".而在现在抢花炮演变成一种国际体育运动,所以我设计的这个花炮厅趋于民族与现代的结合,以红色为主色调营造的是一种"抢"的气氛.沙发后面那幅墙作为主题墙. 我以铁圈和不规则的灯提示出花炮餐椅的庄重与壮锦形成了鲜明的对比.

姚藍藍

设计说明：整个餐厅采用了一种具象的手法,利用了黑、白、绿等暗调子衬托一种原始、朴实、自然的民族特色。此设计把一种民族文化提炼成一种具有时尚性的格位。

創作思維：木葉—葉紋（文）—文化—化石（食）—食物

学生作业

风调雨顺

五谷丰登

本设计方案偏重暖色,以红黄为主,突出铜鼓深沉、厚重与丰收的喜悦欢腾,在设计中沿用了以铜鼓纹样为主的民族图案,使方案中显露出民族的韵味。

采用大块透色玻璃,使得整个空间达到通透、简洁与整体的统一,铜鼓纹铁艺更是把民族文化进一步的升华,具有现代装饰性。由两块色组成的天花,巧妙的划分出休息区和进餐区。

本设计方案在色调和空间划分中,都给人以亲切感,同时,也增加了就餐时的食欲感。

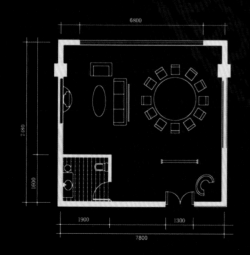

设计小组:黄仲谋 李明聪 李丽芳
指导老师:陶雄军

学生作业

时尚文化
FAD CIVILIZATION
———独弦琴包厢设计方案

64

设计说明：

在这个小空间里，利用不同材质的相互渗透，演绎着传统与现代的韵味，
营造一个富有现代时尚理念与人文精神的主题包厢。

本包厢的整体色彩多变而不落俗，使包厢充满了绚丽多彩的浪漫气息。
本设计将独弦琴进行提炼，将其设计成茶几融入整个空间，
鱼形的屏风立于主墙面，具有强烈的韵律美及装饰美。
玻璃营造海洋气息，浪漫而生动。
坐椅上的京族纹样与墙上挂的民族画相呼应，
独特的灯光设计可以由宾客不同的心情与喜好来选择，具有灵活性。
整个包厢用现代的设计思想来表现民族文化，
创造令人心悦的主题空间。

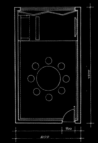

2001级设计环艺： 张欣 黄慧铃 卢琼玉

学生作业

本方案最大的特点在于用一面可变色的玻璃墙体，来体现与京族息息相关的海洋文化。

4.室内色彩运用

色彩在室内构图中常可以发挥特别的作用。

色彩可以强化室内空间形式，也可破坏其形式。例如：为了打破单调的六面体空间，采用超级平面美术方法，可以不依天花板、墙面、地面的界面区分和限定，自由地、任意地突出其抽象的色彩构图，模糊或破坏了空间原有的构图形式。

不同色彩在不同的空间背景上所处的位置，对房间的性质、对心理知觉和感情反应可以造成很大的不同。一种特殊的色相虽然完全适用于地面，但当它用于天棚上时，则可能产生完全不同的效果。白色过大一直被认为是理想的背景，然而缺乏考虑其在装饰项目中的主要性质和环境印象，并且在白色和高彩度装饰效果的对比中，需要极端的从亮至暗的适应变化，否则会引起视觉疲倦。运用黑色要注意面积一般不宜太大，如某些天然的黑色花岗岩、大理石，是一种稳重的高档材料，作为背景或局部地方的处理，如使用得当，能起到其他色彩无法代替的效果。

装修色彩：如门、窗、通风孔、博古架、墙裙、壁柜等，它们常和背景色彩有紧密的联系。

家具色彩：各类不同品种、规格、形式、材料的家具，如橱柜、梳妆台、床、桌、椅、沙发等，它们是室内陈设的主体，是表现室内风格、个性的重要因素，它们和背景色彩有着密切关系，常成为控制室内总体效果的主体色彩。

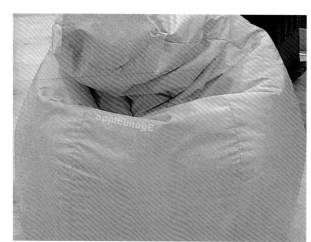

家具的色彩

家具的色彩

家具的色彩

家具的色彩

家具的色彩

家具的色彩

色面的构成

彩色体的构成

色线的构成

精心而随意的家具色彩组合

怪异的造型通过单色来强调

　　家具设计是空间整体风格的一种艺术体现,对于空间的大尺度,它常常作为点缀出现,但在家居的小型空间中它却成了主体,其色彩、材质、形式与整体氛围息息相关。现代设计中常把家具作为一件艺术品来表现,色彩可以非常活泼、任意组合。

织物色彩：包括窗帘、帷幔、床罩、台布、地毯、沙发、坐椅等蒙面织物。室内织物的材料、质感、色彩、图案五光十色，千姿百态，和人的关系更为密切，在室内色彩中起着举足轻重的作用，如不注意可能成为干扰因素。织物也可用于背景，也可用于重点装饰。

陈设色彩：灯具、电视机、电冰箱、热水瓶、烟灰缸、日用器皿、工艺品、绘画雕塑，它们体积虽小，常可起到画龙点睛的作用，不可忽视。在室内色彩中，常作为重点色彩或点缀色彩。

室内织物色彩

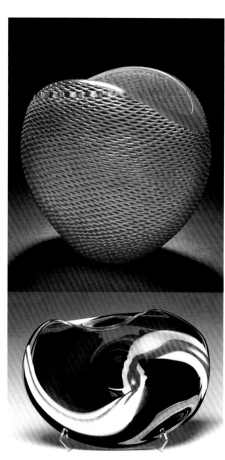

同色系的连续变化。 室内织物色彩

陈设艺术品色彩

绿化色彩：盆景、花篮、吊篮、插花，不同的花卉、植物，有不同的姿态、色彩、情调和含义，和其他色彩容易协调，它对丰富空间环境，创造空间意境，加强生活气息，软化空间肌体，有着特殊的作用。

花卉色彩

花卉色彩

室内空间中花卉的色彩组合，最能产生不同的格调与情境，窗台上的一盆植物，桌上的一束鲜花，就让空间多了些情调，多了些生活气息。

三、居室色彩设计

1.居室的色彩设计符合该居室的功能作用，或者叫做体现居室的性格。属于交往用的客厅，要选择明亮、华丽、热烈一些的颜色；休息用的居室，也要明亮，但要求淡雅和宁静，光线可以暗一些，选用的颜色要使人舒心悦目；餐厅则应选用能促进食欲的颜色；厨房和卫生间应选用给人以清爽、整洁感觉的颜色。

2.居室色彩的设计，应当区分基调色和重点色。对于房间本身来说，面积大、显眼的位置，如墙面、天棚、地面、窗帘、床罩等，应当作为基调色来处理，其色调宜明快、清新、宁静，以衬托房中的人和物。而对于房中重点的家具、陈设、设备，特别是形状美观、质感良好的对象，应当作为重点处理，把它突出出来，如直接接触人体的椅子，作为工作中心的桌面，室内的地毯，卧室中的床，书房中的书架等，处理得好，都有画龙点睛之妙。

3.除了色彩的三要素，还要考虑色彩对人的心理感受。日本有的学者把人对色彩的心理感受分为七类：即冷暖感、轻重感、软硬感、强弱感、明暗感、兴奋沉静感和华丽质朴感。色彩又被人们赋予种种感情和象征意义，有的代表欢乐，有的显得忧伤，有的热烈或有的表示危险，有的象征和平与幸福。

色彩与环境相融。　**赖特色彩的运用**

在金属色背景衬托下，鲜艳的色彩呼之欲出。

赖特色彩的运用

卫生间的色彩明快清新，鲜花的陈设富于生活气息。

赖特色彩的运用

色系通过不同的材质而产生变化，形成多样统一、成熟稳重的家居配色风格。

在家庭装修的过程中,色彩的合理运用起着重要作用。室内空间用色时不可过多,应遵从于整体设计,服从于空间的主调或主题。

首先要注意空间的主色调。空间色彩是由许多方面所组成,但各部分的色彩变化都应服从于一个基本色调,才能使整个空间呈现出互相和谐的完美整体性。比如用红、黑、金色三种色系搭配,可以表示装修的富贵庄重;咖啡、米黄、象牙白色系的运用,可以显出家的高雅、和谐、宁静和稳重;而粉红、紫灰色系则可以衬出家的温馨活泼与快乐可爱,适于儿童房空间的色彩运用。不论用什么颜色都可以用黑、白、金、银、木色来相配,做到调和自然。室内色彩用色不宜过多,同时用其中的一两种色彩来统一整个空间的色调。

商店店面色彩设计、橱窗色彩设计、商品陈列设计;还有建材、房屋、家具布置、酒店环境甚至是宴会都可以进行色彩规划和设计。

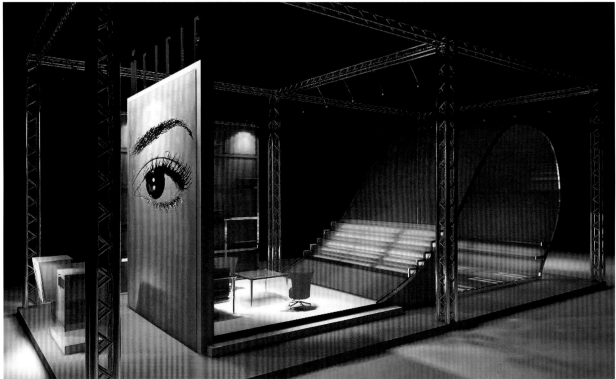

展示设计:陈军

紫色在化妆品展示空间中的运用。

四、公共建筑室内色彩设计

1.室内的色彩应考虑其用途。

　　一般来说，办公室应该用冷色系，有助于安定员工的情绪；娱乐室、餐厅，应该用鲜明的颜色，可以调节员工的心情。

2.空间划分：前进色或后退色的运用。

　　几种商业大楼色彩设计举例：

　　①商店：陈列品的墙面不可太显眼，适用中性色。高的天花板则可用五颜六色。美容院适合用红色系。

　　②体育馆：体育馆的用途是多方面的，因此，色彩设计必须符合各项竞赛活动的要求及规定。

　　③医院：绝对禁止使用兴奋的红色系列。玄关、走廊、接待室、病房可配浅色系；手术室可采用绿色，因为绿色可以抵消手术时所留下的残像，这样眼睛才不至于太疲劳。

3.创意色彩运用。

　　色彩的空间之舞

　　色块在空间中扮演着极为重要的角色。由色块构成的空间，特别是色彩唱主角的空间，色彩彼此之间会产生绝妙的对话，各自具备的表情让它们既相互呼应又相融其中，空间由此呈现出丰富的距离感，以至于当人经过这个区域时，竟能强烈感觉到这种空间中的色彩所扩散的张力。这种色彩是可以被赋予生命的，这种生命是可以舞动的，它的舞台便是——色彩空间。

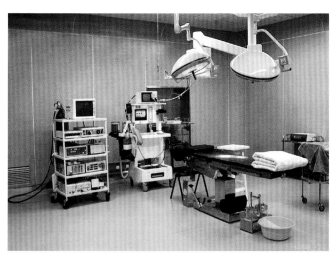

医院手术室设计图

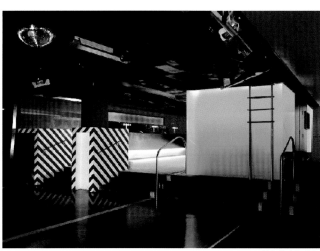

纯色块空间之舞

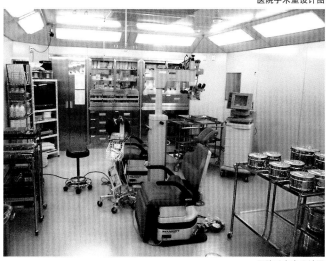

医院手术室设计图

　　手术室充分考虑视觉心理。医师长时间看见血液，需要绿色来进行平衡，这样才不至于产生视觉残像。

纯色块空间之舞

　　色块因纹理、图案的不同而产生变化，产生空间表情。

71

对比色彩设计

室内空间中，并不是只有结构上的变化才能营造出空间的节奏之感。利用材料的不同，色彩也能体现一种愉快的节奏感。在色彩、材质的交相烘托下，在色块、空间的大小对比下，传达给人的是一种趣味性极强的色彩视觉刺激，是一种愉悦的心理感官享受，这种对比所产生的节奏感和韵律感将使室内空间更有生命力。

纯色块空间之舞　酒吧用色块来表达一种心理感官享受。

纯色块空间之舞　色彩应用于空间的延续与贯穿。

纯色块空间之舞

纯色块空间之舞

　　色块、材质、空间大小多重对比烘托下，具有了趣味性极强的刺激效果，是现代娱乐场所常用的一种诱人手法。

现代设计色彩教材丛书·环境设计色彩

有了色彩，厨房就变成了舞台。　**纯色块空间之舞**

色线的穿插产生空间。　**纯色块空间之舞**

生活中的细节也充满了色彩。　**纯色块空间之舞**

色线穿插、联系不同的功能空间，产生节奏感，是很创新的一种做法。　**纯色块空间之舞**

纯色块空间之舞

纯色块空间之舞

纯色块空间之舞

纯色块空间之舞　色彩造型分空间、距离、平面的效果。

日式空间，通过红色块的位置变化，产生丰富的空间变化，同时红色具有很浓的东方味，与空间相得益彰。

纯色块空间之舞　光与色的组合产生节奏，创造出美妙的空间层次。

纯色块空间之舞　光纤技术在室内的应用。

流动的色彩

　　色彩通过线性的运动组合，可以充分说明色彩流动性的设计中应用颇多的是条纹布，比如用于室内、服装。条纹布洗练的线条以明快的色彩刺激视觉，其折皱的随意性更是让色彩呈现出异样的光彩，极大丰富了空间上的平衡与变化。在室内设计中，设计师采用色泽丰富多变的条纹布，可以跟相应的环境取得惊艳的效果，让流动的色彩展现出诱人的魅力。

流动的色彩

色彩有很强的装饰性，带有马蒂斯的绘画风格。　**流动的色彩**

流动的色彩

　　盖里设计的美术馆中央大厅，巨大的运动纹样作品，形成空间焦点，散发强烈的艺术气息。

美轮美奂的流动色。　**流动的色彩**

渗透的色彩

　　有色的透明或半透明介质在光线的照射下，在另一面会产生一种微妙而动人的效果——通过光的渗透，色彩以空间的形式得以延伸，模糊的界限使得柔和的色彩仿佛在空间中逐渐消融。在环境艺术设计中这种效果能够创造一种奇妙的深度感和尺度感。如教堂、酒吧，通过光与色的渗透，可以营造迷离而神秘的气氛。

　　光影穿透介质的转化，能使空间的虚实互动，具备良好的空间转换机能。

渗透的色彩

渗透的色彩

光通过红色十字架的渗透，使人的灵魂得到升华。

渗透的色彩

渗透的色彩

渗透的色彩

柯布西耶设计的朗香教堂是光彩渗透色彩设计的典范。

渗透的色彩

渗透的色彩

渗透的色彩

渗透的色彩

渗透的色彩

光通过教堂的彩色玻璃窗,让彩色的光束随着时间的推移而变化,教堂因而充满神圣的宗教气息。

光通过彩画可以产生迷离而神秘的效果。

斑斓的色彩

　　色彩的组合可以营造戏剧性的效果，斑斓的色彩让人目不暇接。色彩斑斓是较前卫的一种色彩设计手法，它推翻了以往占据主流的统一色调，取而代之以丰富的、变幻无穷的明亮色系，夸张的色彩变得张狂、另类、前卫，具有极强的感染力和艺术张力。

　　色彩的这种先天优势可以营造丰富的室内效果。设计师可以充分利用这种优越性，用色彩丰富的表情作为语言来更完美地展现与众不同的设计意图，传达或时尚而怀旧，或热情而大方的设计意念。

　　色彩与人们的生活联系十分密切，应用也非常广泛，它不仅可增添生活乐趣、美化环境，还影响着人们的身心健康、思维方式和行为情绪，甚至对病人具有药物不能达到的作用。医学专家发现，人们的健康状况与精神状态在一定程度上同他们所住的房间色彩有着密切的关系。

　　美国加利福尼亚州两座监狱的狱长发现，粉红色能使犯人得到快慰，变得安静。洛杉矶退伍军人医院精神病房，用粉红色装饰房间遏止病人的多动、暴力行为，紧张、烦躁者被关进粉红色房间，呆几分钟他们就平静下来了，又

过了一会，有些人睡着了，其余的人怒气也大消了。

　　美国有一快餐店，就餐的客人很多，墨绿色的餐台为客人提供一个宁静、舒适的说话氛围，而使其他客人因无座位就餐，只好掉头另觅他处。快餐店不便将久坐的客人扫地出门，又不忍心让许多客人弃他而去，于是老板请来设计师，设计师认为可以改变餐台的颜色，将鲜艳的红色取代墨绿色，结果使老板喜笑颜开，如愿以偿。因为红色能刺激、兴奋人的神经系统，进而大大提高人的食欲，但醒目的红色又不宜久看，在鲜红的餐台前人交流久了会使人烦躁不安，故客人们吃完不久便走，下一拨客人就可以入座就餐了。小小的一个色彩创意方案，却带来如此大的商业效果，老板自然非常喜欢。

　　从社会发展的角度来看，色彩反映着时代精神，包含着人们的情绪因素，体现着文化的潮流，所以大凡在色彩上能跳出传统框架，注入鲜明个性的设计作品，往往是市场上的宠儿。成功的项目大多非常注意对色彩的研究。而在科技高度发达的今天，层出不穷的各类色漆、面板材料、饰物又为设计提供了更为广阔的空间。

前卫斑斓色彩之风

前卫斑斓色彩之风

卫生间成为了一件艺术品、一幅装饰画。

前卫斑斓色彩之风

前卫斑斓色彩之风

前卫斑斓色彩之风

前卫斑斓色彩之风

前卫斑斓色彩之风

前卫斑斓色彩之风

斑斓的色彩令人心情轻松愉悦。

进行整体景观设计,色彩规划在环境景观的各要素中,色彩无疑是最能影响视觉感受的因素。当人们开始由实用需求变为追求品位和格调需求的时候,景观所带给人们的必须包括视觉上的舒适与享受。景观色彩设计正作为景观传递的第一道视觉信息,以最低成本为景观带来最高的附加价值。

1.景观色彩的地域文化性

地域文化的基本概念:地域,特定区域的地理环境构成了地理的称谓。文化,广义指人类在社会实践过程中所获得的物质、精神的生产能力和创造的物质、精神财富的总和;狭义指精神生产能力和精神产品,包括一切社会意识形态,如自然科学、技术科学等等。作为一种历史现象,文化的发展有历史的继承性,同时也具有民族性和地域性。地理位置:国家、地区的自然或社会客体(如山脉、河流、居民点、港口等)与外在客观事物间的空间关系总和。地理环境:通常指环绕人类社会的自然界,包括作为生产资料和劳动对象的各种自然条件的总和,是人类生活、社会存在和发展的物质基础和必要条件。

通过以上的概念罗列,可以看出"地域文化"中地理与历史的概念占据了十分重要的位置。

风格与传统体现于艺术风格的世代相传,是地域文化得以存在并不断发展的基础。艺术风格的产生一方面来自于创造者的主观愿望,而更主要的方面则是受当时当地民族生活方式的影响。当风格积淀到一定的深度,就成为一种样式流传下来,变为特定地域文化传统的组成部分。

既有特定地域内部某种风格受技术条件影响所发生的变化,但更重要的因素还在于外部文化的渗透,尤其是受当时强势文化的巨大影响。时尚要素与流行元素是地域文化中的变数。

南洋地处低纬度,茂密的热带雨林、蓝色的海洋、洁白的沙滩、原始而神秘的民族宗教文化,这些均很好地体现在景观色彩上。鲜艳的花草成为当地人们的最爱,并与蓝色的海水和天空形成强烈的对比,宗教的红色及黄色又在景观中体现出色彩的多样性。南洋以其独特的文化和色彩魅力吸引全球众多休闲族、旅游者,成为全球著名的度假胜地之一。

南洋风情

南洋风情

东南亚的园林景观带有浓郁的热带风情与色彩印象。

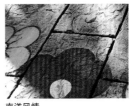

南洋风情

南洋风情

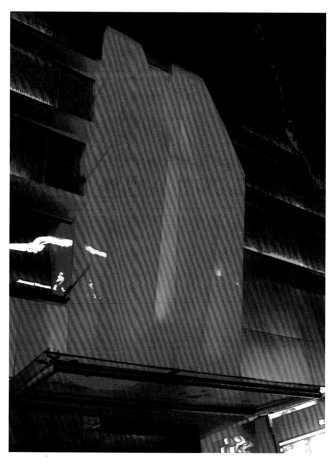

泰国巴堤雅酒吧街。

造型多变、色彩丰富的景观空间，通过雕塑的红色来确立中心感，强调景观轴线。

北海海边

色点的构成极富创意。

简洁明了的小超市入口，采用景观化的手法。

香港新国际机场出口处的雕塑。亮丽的色彩给到香港的游客美好的第一印象。

香港星光大道。

色彩围合空间。

摩洛哥园林小景。黄与蓝通过水和植物得到融合。

欧洲的街道景观。

麦当劳成了一道风景，并融入了当地的建筑色彩。

泰国巴堤雅海边景观。

标识牌的色彩非常醒目。

加油站也是一道景观，它经过了精心的色彩组合。

2.景观的色彩与季相

从早春到深秋，草坪的颜色由浅到深，但总的色相为绿色，在这个颜色的底色上，植物配置的色彩与季相对草坪空间景观与艺术效果的影响是相当显著的。景观中的色彩需要组织，要掌握好补色对比、冷色对比、中和色对比、近似色补色对比的应用造成的不同景观和意境，如在受光的草坪上种植大红的花木和花卉，能取得明快的对比效果。草花或其他地被植物及石块等组成一些色彩艳丽、灵活多样的花丛、花海、模纹及小景，在草坪的边缘或中心，可以疏密相间、曲折有致地配置。

景观色彩 灵活多变的景观色彩。

景观色彩

景观色彩

景观色彩 色相对比鲜明。

现代设计色彩教材丛书 · 环境设计色彩

景观雕塑色彩

夸张的尺度、鲜艳的色彩，带来巨大的视觉震撼。

景观雕塑色彩

绿丛中的红丝带，本身就很有诗意。

景观雕塑色彩

景观雕塑色彩

草坪上切割出红色的造型，是非常戏剧化的对比。

植物色彩实例

枯死的植物，经过色彩的覆盖，立刻焕发新的生命。

植物色彩实例

85

景观雕塑色彩 单纯的色彩更能突出造型美。

景观雕塑色彩

绍兴兰亭景区入口景观

用抽象的色彩、现代的材质来表现空间形态，具有强烈的质感。

墨西哥庭园景观，带有浓郁的地域色彩。

屈米设计的巴黎阿维莱特公园的红色怪房子，是解构主义的代表作之一。

景观建筑色彩

景观建筑的立体化色彩。

景观建筑色彩

景观建筑色彩

令人神往的晚霞景致，水天一色。

景观细部色彩

南宁民族大道景观小品，具有明显的热带雨林抽象思维。

景观细部色彩

黄与绿清新雅致。

景观细部色彩

民族、纹色的园林灯饰。

景观细部色彩

景观细部色彩

彩色玻璃的环境设计，产生了纯净、神化的效果。

景观细部色彩

光影与色彩的交相辉映。

景观的色彩与季相

根据不同季节而进行的生态创作,往往能取得令人惊奇的效果。

中国园林被赋予一种新的色彩演绎方式,带来一种新的思考。

3. 创意景观色彩设计

高迪的景观色彩：

高迪的设计作品体现了各种艺术的结合，色彩与作品密不可分，对哈里发时代的装饰艺术的借鉴，独特地体现了加泰罗尼亚新莫德哈尔度兴风格，并具有其特有的超现实主义造型艺术。色彩具有很大的顽皮性，但却具有极强的装饰魄力。

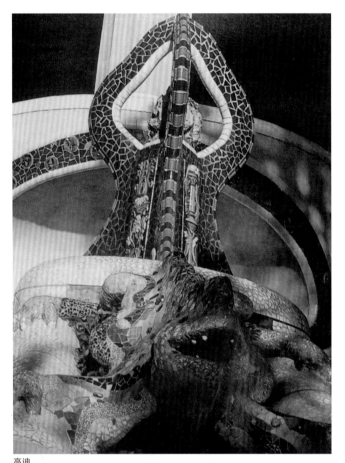

高迪

高迪

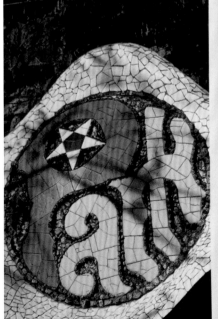

高迪

高迪的色彩装饰手法既原始又现代，具有非常独特的识别性，这就是所谓的个人风格。

高迪

高迪

高迪

高迪

4.景观标识色彩

景观标识具有很强的特定功能性。色彩首先应考虑容易识别，并有连续性、整体性，便于记忆；其次需考虑与大景观环境的色彩关系及整体风格之间的关联。标识色彩运用的好坏直接影响受众的心情。如危险、欢乐、轻松休闲的心情等。

景观标识色彩

景观标识色彩　欢乐有趣的标识。

景观标识色彩　危险的标识常用黄色与黑色表示。

景观标识色彩　轻松休闲的标识。

现代设计色彩教材丛书·环境设计色彩

景观标识色彩实例

景观标识色彩实例

景观标识色彩实例

景观标识色彩实例

　　阳光100城市广场的标识系统，传承其时尚、简约的设计理念，色彩组合充满了对生活的热爱，对阳光的追求。

图书在版编目(CIP)数据

环境设计色彩／陆红阳编著. —南宁：广西美术出版
社，2005.2
（现代设计色彩教材丛书）
ISBN 7-80674-600-5

Ⅰ．环...　Ⅱ．陆...　Ⅲ．环境设计—色彩学
Ⅳ．TU-856

中国版本图书馆 CIP 数据核字（2005）第 010796 号

艺术顾问　柒万里　黄文宪

主　编　陆红阳　喻湘龙

本册著者　陶雄军

编　委　汤晓山　陆红阳　喻湘龙　林燕宁

　　　　何　流　周景秋　利　江　陶雄军

　　　　李　娟

出 版 人　伍先华

终　审　黄宗湖

策　划　姚震西

责任编辑　白　桦

文字编辑　于　光

校　对　黄　艳　陈小英　刘燕萍　尚永红

封面设计　姚震西

版式设计　白　桦

丛书名：现代设计色彩教材丛书

书　名：环境设计色彩

出　版：广西美术出版社

地　址：南宁市望园路 9 号(530022)

发　行：广西美术出版社

制　版：广西雅昌彩色印刷有限公司

印　刷：深圳雅昌彩色印刷有限公司

版　次：2005 年 4 月第 1 版

印　次：2005 年 4 月第 1 次

开　本：889mm × 1194mm　1/16

印　张：6

书　号：ISBN 7-80674-600-5/TU · 14

定　价：32.00 元